아름다운, 너무나 아름다운 세상

아름다운,
너무나 아름다운 세상

백운복 시집

문학이 어디에 가 있는가. 시가 어디에 가서 인간을 그리워하고 있는가. 설명을 들어서가 아니라 그냥 감동적인 작품, 아날로그와 디지털의 구별을 할 줄 몰라도 그냥 느낄 수 있는 작품, 너와 나의 차이가 아무런 차별도 되지 않고 그냥 함께 사랑할 수 있는 작품은 과연 어디에 가 있는가.

시론과 문학비평론을 연구하고 가르치는 학자와 교수의 길을 30여 년 동안이나 겁도 없이 걸어왔다. 게다가 동시대 문학작품을 해설하고 평가하는 문학평론가의 허울까지도 천연덕스럽게 써왔다. 모두가 논쟁을 일으키는 논리와 싸우고 조작된 감정과 씁쓸하게 조우한 세월이었다.

솔직하게 말하자면, 나는 이 시대에 주목받는 시들을 대부분 이해하지 못한다. 심지어 일차적인 문맥의 언어 이해도 되지 않을 때가 많다. 그런데도 슬쩍 넘어가며 아는 체를 하면서 함축된 의미와 주제까지를 평론했다.

모든 인간과 함께 공유하고 공감하는 참된 시는, 아무래도 시 껍데기를 가지고 장난치는 말놀이꾼과 그 껍데기를 장식처럼 걸치고 다니는 위장독자들을 피해 더 깊은 곳으로 꼭꼭 숨어들었는가 보다.

　지금부터라도 깊숙이 숨어 들어간 시에게 인간의 온기를 다시 불어 넣어주기 위해 맨손으로 조심스럽게 흙을 퍼낼 작정이다. 포클레인과 삽을 동원하여 파면 마지막 여린 숨을 할딱거리고 있는 시가 완전히 으스러져버릴 것만 같기 때문이다.

　여기 모은 64편의 시는 맨손으로 흙을 퍼내면서 잠시 쉬는 순간순간을 담은 따뜻한 그릇이다. 혹여 참된 시의 숨결이 조금이라도 스며있다면 그것은 나의 목소리라기보다는 시 자체의 호흡이다.

　'1부 쉼표 찍는 순간'에는 아름답고 소중한 슬픔과 기쁨의 체험들을 영원한 현재형으로 담아낸 것들을 모은 것이다. 그리고 '2부 신호대기 중'에는 동시대 현실의 아픔을 제재로 한 것들을 모은 것이며, '3부 바람 찾기'에는 비록 아프고 상처 많은 삶일지라도 이 세상에 있음만으로도 그것이 얼마나 큰 축복인가를 감사하며 희망을 노래한 것들을 모은 것이다.

자연은 단 한 번도 인간을 배반한 적이 없다. 내면 가장 깊은 곳에 자연을 닮은 인간의 자연스러운 정서가 있는 한, 그래도 세상은 여전히 아름답다. 아름다운, 너무나 아름다운 세상에 아름다운 사람이 있음을 믿는다.

　이 시집을 엮으면서 30여 년 동안이나 이어온 내 어눌한 강의를 열심히 들어주던 많은 제자들이 떠올랐다. 지금 생각해 보니 나의 제자들 한 명 한 명이 곧 내 삶의 소중한 참된 시였다. 그들에게 내 시의 온기를 통해 이제라도 고마움과 미안함을 전하고 싶다.

　가까이에서 내 작품의 초고를 기꺼이 읽어주신 동료이자 친구인 김규철, 김병희 교수께 고마운 마음 전하고 싶다. 10대에 이미 시인이 되더니 마침내 문화행정을 전공하고 있는 아들 현빈과, 언제나 묵묵히 우리 가정의 숨결이 되어준 아내의 마음이 이 시집의 뿌리였다. 참으로 고맙다. 그리고 내가 알지 못하는 크고 은밀한 일을 내게 보여주신 그분께 감사의 기도를 드린다.

2014년 3월
백운복

차례

1부 쉼표 찍는 순간

2부 신호대기 중

3부 바람 찾기

1부

쉼표 찍는 순간

삼각형의 공리(公理)

　반달 모양의 손바닥만 한 플라스틱 각도기자로 애써 각도의 눈금을 맞춰가며 선을 그어도, 꼭지가 맞아 떨어지는 삼각형을 그리기는 참으로 어려웠다. 아무리 정확히 각도를 맞춘다 해도 각도기 숫자 표시 아래에 찍는 점이 0.1mm의 오차만 생겨도 옆의 꼭지와 틀어지기 일쑤였다. 삼각형의 두 각만 결정되면 나머지 한 각은 자동으로 정해지는데, 틈새 없이 내 삶을 담아 간직할 꼭지가 맞아 떨어지는 속 시원한 삼각형 하나 그리기는 여전히 힘겹다.

　수없이 시행착오하면서 그려온 삼각형들이 오늘 한꺼번에 내 앞에 모여 웅성거리고 있다. 그중에 가장 굵은 선으로 억지로 짜 맞춰진 한 녀석이 '모두들 좌우로 정렬, 앞으로 나란히!' 하고 큰 소리로 외치는 순간, 수많은 가느다란 삼각형들이 순식간에 사라지고 하나의 직선만 길게 펼쳐진다.

<

각을 맞추려고 애썼던 순간들이, 삼각형 안에서 몸부림치다 어긋났던 각도들이 함께 모이면 결국 180°이다. 아무리 모양이 다른 삼각형이라 하더라도 세 개의 각이 수평으로 누우면 결국 하나의 직선이다.

삼각형은 처음부터 모두가 직선이었다.

간이 저수지

둑 안쪽은 어른 키 한 길 반은 넘었던 것 같고, 경철이 형이 수영하여 저쪽 끝까지 갔다 오는 시간도 꽤 걸렸던 것 같다. 가장자리에서 열심히 물장구쳐보며 허우적거리다가 문득, 손이나 발이 바닥에 닿지 않았는데도 물 위에 아주 잠깐 떠 있던 그 놀라운 체험은 첫 수영의 흥분이었다. 발을 저수지 바닥으로 내려놓으려는데 아무래도 바닥에 닿지 않아 허우적댔던 그 깊이의 공포와, 간신히 발을 내려놓고 서 보니 가슴 깊이였을 때의 그 안도감은 언제나 내 여름을 풍성하게 했다.

백년 묵은 구렁이가 산다고 어른들은 늘상 이야기하곤 했다. 특히 저수지 곁의 고추밭 주인인 영숙이 어머니나 저수지 앞 논배미 주인인 병식이 아버지는 여러 차례 목격했다고 하지만, 우리는 한 번도 본 적이 없었다.

영숙이 어머니 아직 정정하신데 그네 고추밭에 수상

한 건물들 올라가고, 병식이 아버지 중풍으로 거동도 잘 못하시는데 그네 논 가운데 가로 질러 큰 구렁이 닮은 도로가 놓였다. 저수지를 메운 자리에는 대여섯 대 주차 공간 정도 있는 작은 버섯 가공공장이 들어섰는데, 그나마 몇 년 전부터 문을 닫았단다. 그때는 우리 열 명 이상이 넉넉하게 물장구치고 자맥질했었는데 저렇게 작은 넓이였나. 공장 속을 살며시 들여다보니 어디서 본 듯한 모양의 기계가 녹슬고 있었다.

병식이 아버지가 말씀하신 흑갈색 구렁이가 똬리를 틀고 있었다.

박 덩굴

십여 년 만에 찾아간 고향은 시간의 흔적부터 지워주었다. 세상은 시각을 다투며 디지털로 빠르게 변화하는데, 고향은 내가 셔터를 눌러줄 때까지 묵묵히 멈춰 서 기다리고 있는 아날로그였다. 나와 무연(無緣)하게 잘도 흘러가는 세상과는 달리, 찾아와 만지작거려줄 때라야 비로소 한 번씩 바뀌는 슬라이드 화면이었다. 고향의 시간은 내 허락을 받기 전에는 결코 흐르지 않는다. 어떤 형상이라도 제멋대로 다음 화면으로 넘어가는 법이 없으며, 동영상 화면으로 담겨지는 것도 결코 용납하지 않는다.

카메라 렌즈로 넘어 들어오는 피사체가 그리움으로 감길 때마다, 모든 시간의 조각들은 한꺼번에 초점으로 모여 한 장의 화석(化石)으로 피어난다. 디지털카메라 메모리카드를 컴퓨터로 옮기는데 고향을 지키고 사는 동창생 녀석의 집 담장을 살며시 넘어오는 박 덩굴이 찍혔다.

<

오늘 아침, 컴퓨터를 켜는데 초기 화면에 온통 박 덩굴이 덮여있다. 동창생 녀석의 집 담장을 넘어오던 박 덩굴이 내 컴퓨터에서 자라고 있다.

메뚜기

들녘에 쏟아지는 소나기 소리를 들어보았는가.

초가을 늦은 오후 논두렁길을 달리다 보면 익어가는 벼들 속에서 비상하는 메뚜기 떼를 만날 수 있다. 분명 벼 잎을 갉아 먹을 텐데도, 메뚜기들 때문에 금년 벼농사 다 망쳤다는 탄식을 들어본 적이 없다. 소나기가 쓰러트린 벼는 반드시 다시 일어서는 것처럼, 그들의 힘찬 날갯짓이 벼의 알곡을 튼실하게 하는가 보다.

순설탕 칠성사이다 병 주둥이까지 메뚜기를 가득 채우는 데는 십여 분 정도면 충분했다. 외할머니는 가마솥에 검은콩 볶듯이 아직도 힘차게 펄쩍대는 메뚜기들을 솥뚜껑으로 날렵하게 막아내며 간단히 초벌볶음하시고, 뚜껑 열고 고운소금 뿌려 바삭하게 볶아내셨다.

오랜만에 함께 메뚜기 잡던 친구 만나 술 한잔 하면서 마른안주 시켰는데, 출처를 알 수 없는 한 줌의 흑갈

색 메뚜기볶음이 담겨있다. 너무 탄 것은 먹지 말라고
솎아 걸러주신 외할머니가 떠올라 한 마리도 입에 가져
갈 수가 없었다.

허허로운 거리로 나서는데 갑자기 소나기가 쏟아진
다.

수박

덕기네 수박밭에서 서리하다 발에 밟혀 으깨졌던 주먹만 한 설익은 수박이 머리통만 한 잘 익은 수박이 되어 이마트 수박매장에 나타나서 '우리 할아버지 밟아 죽인 네 발을 다 용서했다'면서 내게 미소 짓고 있다. 생산자 이름과 주소까지 적혀있는데 고향의 읍, 면까지 같다.

초등학교 6학년 어느 여름밤의 그 사건을 정말 아무도 몰랐을 텐데. 완전범죄었는데. 원두막에서 주무시던 덕기 아버지가 잠에서 깨어나 호통 치시지도 않았고(그날 밤에는 원두막에 안 계셨는지도 모르지만), 함께 서리하던 경식이와 병석이도 내가 말하지 않았으니 설익은 수박 세 개나 밟아 으깼다는 사실 전혀 몰랐을 텐데.

가족들 앞에서 수박을 자르는 순간, 단단하게 잘 익은 검붉은 수박씨들이 한꺼번에 나를 노려본다. 수박서리 하다가 아카시아 나무 가시에 긁혔던 오른쪽 허벅지에서 붉은 피가 다시 흐르고 있다. 전혀 통증이 없었던 그 피가 과육(果肉)이 되어 수박씨를 굳혀온 것이 분명하다. 가족들 모두가 '오늘 수박은 유난히 달다'며 수박씨를 뱉고 있다.

솔밭마을 골짜기 가재

솔밭마을 뒷산 계곡에는 가재가 참으로 많았다. 작은 돌멩이 하나 슬며시 뒤집어 볼 때마다 적어도 두세 마리는 움직이는 것이 분명히 보였다. 특히 사람이 다닌 흔적이 없는 골짜기 쪽에서 볼일 보고 바지 추스르다가 문득 마주친, 힘차게 새끼를 털어내고 있던 어미 가재만은 지금도 생생하게 기억난다.

배마디에서 흩어져 나오는 새끼 가재들의 윤무는 빛의 방사처럼 화려했다. 어미의 배다리를 이산(離散)하는 그 순간에는 계곡물도 잠시 흐름을 멈추고 점멸등처럼 일정한 간격으로 깜박이는 듯 했다. 반복해서 배마디를 터는 활기찬 춤사위, 알곡을 걸러내려 양쪽 어깨로 박자를 맞추시던 어머니의 키질을 닮은 그 은밀한 향연이 언제쯤 끝날 것인가.

어머니가 그리울 때마다, 어미 가재의 그 힘찬 파동(波動)이 가슴 속에 물방울을 일으킨다. 작은 포말 속에서 빛으로 방사되고 있는 수많은 새끼 가재들이 반짝거리며 나를 향해 다가오고 있다.

경철이 형의 족대질

족대는 언제나 덩치뿐만 아니라 목소리도 가장 컸던 경철이 형 차지였다. 경식이 형과 병석이 형은 큰 돌멩이를 흔들거나 뒤집으며 힘찬 발길질로 고기를 몰았고, 족대가 들려 올라올 때마다 나는 찌그러진 양동이를 열심히 대 주었다. 족대를 잡은 경철이 형이 늘 부러웠다.

새끼손가락만 한 피라미가 파닥대고, 동그라미 모양으로 몸을 잘도 비틀던 미꾸라지가 형들의 손에서 꿈틀거리며 양동이에 담겨질 때마다, 내 가슴도 덩달아 동그랗게 파닥거렸다.
가끔 깻잎만 한 붕어나 가지만 한 메기라도 족대 그물 속에서 출렁일 때면 형들의 목소리만큼 내 심장도 벌렁거렸고, 그날의 감격은 밤늦도록 펄쩍대며 잠을 이루지 못하게 했다.

부러운 족대를 내가 잡고 달려온 삶이었지만, 제대로 파닥거리는 송사리 한 마리 건져내지 못하고 허공에 헛 족대질만 허우적거렸다. 경철이 형이 송어 양식장을 하여 꽤 돈도 벌었다는 소식을 전해들은 적이 있어 지금이라도 한 수 배우려고 수소문했는데, 재작년 홍수 때 양식장 송어 지키려다가 송어와 함께 강 하류에서 발견되어 끝내 강처럼 넓어보였던 그 개울(지금은 시멘트로 포장된 마을 진입로로 변한)이 내려다보이는 뒷산에 뿌려졌단다.

복개된 도로 위에서 경철이 형은 오늘도 소리 지르며 힘찬 족대질을 하고 있다. 족대를 들어 올릴 때마다 팔뚝만 한 붕어와 메기가 펄떡거리고, 한 소년은 여전히 찌그러진 양동이를 들고 달려가고 있다.

'편지쓰기' 숙제

목소리가 분명히 옆 교실까지 들렸을 만큼 크셨고, 분필이 자주 부러질 정도로 판서(板書)도 유난히 힘차게 하셨던 초등학교 2학년 때 담임선생님은 '선생님께 편지쓰기'를 방학숙제로 주셨다. 여름방학 내내 나는 '선생님, 안녕하세요'만 수십 번 쓰고 지우다 끝내 완성하지 못했었다. 생각과 마음을 글로 담는다는 것이 얼마나 어려운가를 처음으로 절실하게 체험한 시기였다.

그 후로 나는 편지쓰기 숙제에 대한 부담을 덜어보려고 읽기와 쓰기를 어느 과목보다 더 열심히 공부하여 국어선생이 되었고, 꽤 많은 학생들에게 글쓰기를 가르쳐 왔다. 그때마다 무엇보다도 글쓰기는 타고난 재능이 아니니 어려워하지 말고 그냥 생각나는 대로 솔직하게 자꾸 써보라고 당부했다. 사실은 그때 담임선생님 말씀을 그대로 옮겼을 뿐이다.

사십여 년이 지난 지금에야 연필로 또박 또박 써서

침으로 우표 붙여 우체통에 넣어서라도 편지쓰기 숙제를 제출하려고 하는데, 며칠째 연필에 침만 바르고 있다. 그 여름방학 때 쓰다만 '선생님 안녕하세요'에 '삶이 글쓰기처럼 어려워요'라고 꼭 한 문장 더 보충하고는, 또 다시 더 이상 써내려 갈 수가 없다.

선생님 주소부터 확인해 두려고 고향 지키고 사는 동창들 수소문해서 겨우 한 녀석 연결되었는데, 휴대폰으로 낯선 목소리가 흘러나왔다. "몰랐구나, 그 선생님 폐암으로 돌아가셨어, 벌써 한 오년 됐는데……"

소나기 타고 가는 미꾸라지

동구 밖 솔밭마을 순철이 만나러 가는 길은 한 시간이 훌쩍 넘게 걸렸지만, 혼자라도 심심하지 않았다. 달리다가 쉽게 멈춰지지가 않는 가파른 내리막과 겨울에도 금세 땀방울이 송골송골 맺히는 오르막 골목을 두 개씩이나 지나야 했고, 장마철에는 물이 많아 엄두도 못내는 시내도 하나 건너야 했지만, 그 길은 언제나 신나고 풍요로웠다.

골목길 흙담장 틈새 사이사이마다에 돋아난 질경이, 채송화, 민들레, 그리고 여태껏 이름을 모르고 있는 잎이 칼날같이 예리한 풀들과 눈맞춤을 꽤나 하면서 걸었다. 고추잠자리, 거미, 개미도 한몫 했던 것 같고, 가끔 담장 밑쪽에서 지렁이와 땅강아지도 꿈틀거렸던 것 같다.

어린 소년의 걸음으로도 스무 걸음을 채 넘지는 않았을 것 같은 그 시내를 건너가는데도 꽤나 시간이 걸렸다. 주먹만 한 자갈들을 일일이 조심스럽게 뒤집어 보며, 머리통보다 큰 돌을 온 힘을 다해 흔들거려 보기도 했다. 새끼 붕어와 피라미가 가끔은 손에 잡히기도 했고, 아주 운이 좋으면 물풀더미 속에서 작은 메기와 새끼 장어가 분명한 것들이 손가락 사이로 미끄러져 가기도 했다.

한바탕 소나기가 쏟아지거나, 자주 비가 내리는 장마철에는 물고기 많은 그 시내를 건널 엄두를 낼 수 없었다. 물끄러미 강이 된 시냇물을 바라보다가 거칠어진 물의 깊이를 가늠해보고 되돌아오는 길에서는 항상 골목길 여기저기에서 힘차게 요동치고 있는 미꾸라지들을 만날 수 있었다. 어디에서 올라왔는지 아무리 생각해도 풀리지 않는 그 힘찬 꿈틀거림을 지금도 생생하게 기억하고 있다. 할아버지께 물어보았더니 미꾸라지가 소나기 타고 가끔 하늘에서 떨어진다고 하셨다. 나는 그때 그렇게 믿었고, 여태까지도 그것이 무슨 현상인지 생태학적으로 어떻게 설명할 수 있는지 찾아보거나 더 이상 묻지 않았다.

순철이가 더는 농사 못 짓겠다고 정리하고 미국으로 이민간지가 벌써 이십 년이 넘었고, 이제는 소식조차

끊겼다. 그런데도 그 녀석이 가끔 떠오를 때면, 물이 질 펵한 골목길 여기저기에서 미꾸라지가 생생하게 살아 꿈틀거린다. 다만 그때는 하늘에서 소나기 타고 내려오던 미꾸라지가, 이제는 다시 소나기 타고 하늘로 하늘로 솟구쳐 오르고 있다.

어지럼증

지구가 자전과 공전을 한다고 초등학교 자연시간에
처음 배우던 날, 불안해서 잠을 이룰 수가 없었다. 그
후로 한참 동안 보이는 것들은 모두가 흔들거렸고, 어
지러워 자연스레 걷기도 힘들었다. 고등학교 지구과학
시간에 약간 기울어진 지구본과 천체의 운행을 수치로
계산해 보면서 낮과 밤, 사계절, 만조와 간조 시간 등을
차트를 통해 열심히 암기하며 조금은 이해하게 되었지
만, 그때의 어지럼증은 못내 사라지지 않았다.

천둥과 번개가 계속해서 몰아치는 날 밤이면, 기압골
의 불규칙한 충돌과 이격(離隔)을 보여주는 기상도(氣象
圖)는 더욱 이해되지 않는다. 다만 지구가 움직이다가
커다란 장벽을 만나거나 궤도를 잘못 이탈하여 엉뚱한
별과 부딪히면 번개가 일고 천둥이 내리친다고 굳게 믿
으며, 창가에 와서 울먹이고 있는 흠뻑 젖은 소년을 뚜
렷하게 만난다.

<

천둥소리가 가셨는데도 여전히 울리는 이 이명(耳鳴)
은

지구가 돌고 있는 소리가 아닐까.

그 크고도 은밀한 소리를 언젠가는 들을 수 있으려
나.

그때쯤이면 이 어지럼증도 온전히 사라지려나.

오늘도 나는 그 소리를 찾아

살금살금 귀를 연다.

민들레가 있는 두 가지 풍경

우연히 서울시 재개발 지구계획의 문제점을 조망하는 특집 프로그램을 시청하다가, 자료로 사용한 포클레인의 아가리에 아귀아귀 먹히고 있는 산동네 화면이 너무나 낯익어 눈을 뗄 수가 없었다. 게다가 포클레인의 이빨 사이에서 노란 민들레꽃이 태연하게 웃고 있었다.

옥수동 산동네

정확히 숫자까지는 기억할 수 없으나 옥수동 산 몇 번지였던 것은 분명하다. 깨어지고 조각난 시멘트와 돌덩이로 쌓아진 계단을 어림잡아도 백 개는 넘게 올라가야 동창 녀석의 집이었고, 나의 중학시절은 그 계단을 오르고 내리는 일로 자주 풍요로웠다.

조금씩 허물어져 내리고 있는 계단의 길가와 틈새에는 봄이면 노란 민들레꽃이 군데군데 벙긋거렸고, 두어 평 남짓 되었을 여드름 많은 동창의 집 텃밭에는 자주 뽑아내는 것 같은데도 언제나 민들레꽃이 풍성했다.

<

앞 베란다 화분

동네 화원 앞을 지나치다, 잎이 진녹색으로 유난히 풍성한 꽤 큰 사철식물 화분을 하나 사들고 왔다. 국적도 알 수 없는 이상한 이름은 벌써 잊어버렸지만, 잘 자라 주었다. 어느 주말 아침 물을 주려고 하는데 어디에서 날아왔는지, 아니면 처음부터 화분에 떨어져 있었던 홀씨인지 손가락만 한 민들레가 올라왔다. 그때부터 나는 그 화분을 민들레분이라고 불렀다.

어느 날 중학생 아들 녀석이 "아빠, 이게 무슨 꽃이에요" 하고 묻는데, 노란 민들레꽃이 벙긋 피었다. 중학교 동창의 손때가 묻었을 텃밭에 피었던 그 꽃이 홀씨되어, 시간의 거리를 넘어 옥수동 산동네 향취를 안고 앞 베란다 화분에 날아와 기억을 피웠다.

동창의 집은 어떻게 재개발되었을까. 혹여 친구의 마음만 재개발당하고 민들레 홀씨 따라 한강의 더 깊숙한 상류지역으로 쫓겨나지는 않았으려나. 낯익은 소리에 끌려 베란다로 나서니 민들레분에 노란 하늘이 내려와 있다.

기억은 자라지 않는다, 결코

동요 경연대회 TV 프로그램을 우연히 시청하는데, 초등학교 시절 단짝이었던 병철이를 빼닮은 어린이가 동요를 열창하고 있다. 콧물이 마를 때가 거의 없었던 그 친구를 졸업 후 한 번도 만난 적이 없었는데, 한참 동안 기억이 생생하게 살아난다. 그 친구는 지금도 콧물을 훌쩍거리며 내 뒤를 따라다니고 있다.

중학교 시절 설악산으로 수학여행 가서 우리들의 우상이 되었던 종현이는 아직도 교복을 입은 채 어느 산기슭 작은 분지에서 열심히 개다리춤을 추고 있으려나. 그 친구에게 박수를 보내며 열광하는 무리들은 이제 누구일까.

동네 개울에서 족대질 할 때마다 찌그러진 양동이를 빨리빨리 갖다 대지 못한다고 항상 내게 호통을 치던 순철이 형은 고등학교 때 교통사고로 죽었단다. 그 형이 중학교 때 내가 고향을 떠났고 그 후로 한 번도 다시 만난 적이 없으니, 내 귀에는 여전히 형의 호통소리가 생생하게 살아있다.

저녁에 이메일을 확인하는데, '못난 제자 승태입니다'
라는 메일이 와 있다. 스팸인가 하여 지우려는데 이십
여 년 전에 가르쳤던, 강의 시간에 엉뚱한 질문 많이 하
던 강승태라는 제자가 떠올랐다. 'K 대학에 교수로 임
용되어 이번 학기부터 강의 시작합니다. 선생님이 너무
나 뵙고 싶습니다'로 시작하는 메일을 읽으면서도, 머
리 더부룩한 녀석 밖에 그려지지 않는다. 시간은 기억
의 공간을 침범할 수 없다. 넥타이 맨 중년의 제자 교수
를 만난다 해도 엉뚱하고 더부룩한 대학생 강승태를 결
코 흐트러트리지는 못할 것이다.

상처는 재발한다, 언제나

초등학교 곁을 지나칠 때면, 초등학교 5학년 운동회 때 꼴찌하지 않으려고 기를 쓰고 달리다 결승지점 1m 앞에서 넘어져 깨졌던 무릎 상처 부위가 언제나 아려온다.

그 시절, 집 앞 감나무에는 박새 같은 새(지금도 정확히 이름을 알 수는 없지만) 두 마리가 늘 보는 익숙한 꼬마라 전혀 두려워하지 않고 자주 찾아와 바지런을 떨었다. 동무와 싸우고 씩씩거리며 돌아오던 날 무심코 당겼던 새총에 한 마리가 맞아 떨어져 죽었다. 남겨진 한 마리가 여러 날 동안 밤낮으로 그 자리를 찾아와 울더니, 비바람이 몰아치던 어느 날 아침 감나무 아래에 떨어져 죽어 있었다. 감나무를 볼 때마다, 마트 진열대에서 감을 발견할 때마다, 한 마리 작은 새가 주위를 맴돌고 있다.

지하철 4호선 종점에 내려서 잠시 둘러보면, 지하철 안에서 열 살 남짓 되어 보이는 사내아이를 안내견 삼

아 이동하며 구걸하던 사십대 눈먼 걸인을 자주 마주칠
수 있다. 어제는 자판기 커피를 마시며 통 속의 동전과
지폐를 차곡차곡 헤아리고 있는 두 눈 멀쩡한 낯익은
아저씨와 그 곁에서 아이스크림을 맛있게 먹고 있는 초
롱초롱한 사내아이를 목격했다. 동정이나 연민이 상처
가 될 수 있다는데, 그 대상이 상대인가 자신인가 가끔
은 헷갈린다.

  오늘도 초등학교 담장을 지나 마트 앞에서 4호선 지
하철을 타고 출근을 한다.

산화(酸化)

일주일 전에 경부고속도로 하행선 망향 휴게소 곁을 달리다가, 방금 차에 치어 죽어 있는 개 같아 보이는 사체를 지나쳤다. 틀림없이 흐르는 붉은 피가 타이어에 묻었을 것이고, 마지막 남은 온기가 차체를 오래도록 따라왔을 것이다. 혹시 호기심이 많아 너무 멀리 나온 노루였거나, 여러 날 동안 먹이를 구하지 못해 허기진 고라니였는지도 모르겠다. 중앙분리대를 넘어 건너편으로 가려고 했는지, 수 천 년의 시차를 넘어 선조들이 늘 다니던 길을 그저 조상의 전파 따라 갔을 것이다.

달리는 차들이 무엇으로 보였을까, 중앙분리대의 콘크리트 벽이 무엇으로 느껴졌을까. 하필 휴게소 부근으로 길을 잡은 것은 사람들이 그리웠던 것은 아닐까. 만물의 영장인 그들이 호기심과 허기를 달래줄 거라고 혹여 생각한 것은 아닐까. 선조들은 왜 차가운 포장도로나 콘크리트 담장 곁으로는 가지 말라고, 사람들을 항상 경계하고 믿지 말라고 가르쳐주지 않았을까.

<

오늘 다시 그 자리를 달리다가

산화(酸化)되어 가는 수많은 짐승 떼들을 본다.

아직 거기 있는 거지?

초등학교 운동회 날 학교 화단에
살며시 뿌려놓은 봉숭아 씨앗,

아직도 여름이면 꽃 피우고
가을이면 후배들 손톱에
꽃물들이어 주고 있는 거지?

족대 그물에 걸린 작은 새끼 참붕어
형 몰래 슬며시 놓아 준 내 손 기억나지?

탐진강 상류에서 잘 커서
자손들 많이 퍼트리고 있는 거지?

월출산 소풍 가서 숲 덤불 속에서
모른 채 눈만 마주친

방금 알을 깨고 나온

새끼 새 세 마리,
여태까지 비밀로 남겨두었으니

아직도 그 덤불에서
사랑도 나누고 새끼도 키우면서
아름다운 노래 보태주고 있는 거지?

(다녔던 모교는 폐교가 되었고, 탐진강 그 상류는 복
개되어 4차선 차도가 되었고, 그 덤불 자리 있던 곳에
는 15층 아파트가 들어섰다.)

손톱

나의 손톱과 너의 손톱이
살며시 맞닿으며,
손톱사이에 끼어있는 때가
서로 온몸을 포개면
세상은 그냥 아름답다.

밤꽃의 비릿한 향내가
알밤을 키워내듯이,
구린 때가 함께 만나
알몸으로 한 계절만 뒹굴면
노란 구절초 꽃향기로 피어오른다.

심장에 가장 가까이 닿을 수 있어
세상을 따뜻하게 할 수 있고,
상처 난 이웃의 가슴을
먼저 어루만져 줄 수 있다.

<

손톱을 깎으며
그만큼 자란 거짓을 도려내고
내 안에 피어오르는 싹을
새롭게 다듬는다.

진실도 거짓도
마지막으로 숨고르기 하는 곳

오늘도 나는,
손톱의 길이를
흘깃 점검한다.

어느 채식주의자의 속내

가족들 성화에 오랜만에 실컷 먹어보자며 한우와 한
돈을 무한리필하는 '고기나라'에 갔다. 자리에 앉자마자
아이들은 돼지갈비를 접시 가득 담아왔고, 아내는 '여
보, 이 한우등심 마블링 좀 보세요' 하고 흥분한다. 채
소도 곁들이지 않고 아예 고기만 구워먹을 모양이다.

불판 위에서 몸서리치는 고깃덩이를 보면서 한기(寒
氣)를 느꼈다. 연초에 구제역으로 산 채로 매장되던 하
얀 돼지들의 몸서리치는 울음소리가 음악소리 속에서
묻어나오고 있고, 거품 섞인 침을 궤양 돋은 혀로 흘리
면서 무어라고 안타깝게 말하고 있는 소의 눈빛이 둥그
런 실내장식 소품들마다에 숨어있다.

'당신, 등심 좋아하잖아요' 하면서 앞 접시에 담아주
는 아내의 손길을 피해 세팅된 뷔페 음식 판으로 걸어
가 빈 접시를 들고 몇 바퀴째 돌고 있다. '아빠, 돼지갈
비 정말 맛있다'고 부르는 아이의 소리에, 채소를 듬뿍

담아 자리로 돌아와 '애들아, 상추에 싸먹도록 해라' 하
고 털썩 주저앉았다.

치과 가는 날

세발자전거 타다 엎어져 깨졌던
팔꿈치의 상처가
다시 아려온다.

중학교 때 축구하다 넘어져
골절된 무릎 뼈를 맞출 때도
씩씩하게 잘도 참았는데,
세 달 가까이 깁스하고 다니면서도
한 골 넣은 그 승리감이 훨씬 컸었는데

난데없이
무릎 뼈의 통증만
강하게 밀려온다.

인도차이나의 전쟁 영화나
동물의 세계에서나 볼 수 있는 잔인한 영상도
맥박 변동 없이 냉철하게 비판했는데

<

피범벅이 된 젊은 병사의 소리 없는 절규와
포획물을 뜯어먹고 있는
사자의 피 묻은 아가리만이 줌인 된다.

문득, 세상의 많은 것들을
아귀아귀 씹고 있는 우주의 맨홀 속에
이제 막 빨려 들어가는 이빨이 보인다.

정지화면 속에서 살아나는 운동에너지

사과 한입 베어 무니, 숨죽이며 속살에 숨어있던 지난여름의 햇빛과 바람이 입 속에서 활개 친다.

방충망에 날아와 한나절 울다 간 참매미의 우렁찬 울음이, 베란다를 기웃거릴 때마다 생생하게 울림으로 소생한다.

생전 처음으로 다섯 번을 넘게 물수제비뜨며 물살을 가르던 그 돌멩이는, 언제나 정지화면으로 멈춰 은빛 찬란한 꽃으로 피어 있다.

족대를 들어 올리는 순간, 그물을 뛰어 달아나던 손바닥만 한 붕어는, 기억할 때마다 활기찬 에너지를 간직한 채 아직도 허공에 멈춰있다.

축구시합에서 공이 골대 안으로 막 꽂히는 순간의 정

지화면. 중학시절 그 경기에서 우리 반은 1 : 0 으로 졌고, 내 포지션은 골키퍼였다.

아직 살아있는 속살의 에너지는, 정지화면이 쌓여진 문신(文身)이다.

사과 한입 베어 물며

봄 한철 농부의 땀방울이
사과 꽃향기와 입 맞추는 소리가
신맛에 배어있다.

꿀벌의 분주한 발자국 위에 덧씌워진
배추흰나비의 날갯짓이
속살에 새겨져 있다.

비와 바람이 사각거렸던 무늬 하얗게 쌓이고,
햇볕이 마지막 단맛을 익혀갈 때,
사과는 마침내 사과로 완성된다.

장마철에 과일 값이 천정부지로 올랐다는데, 아내가
마트에서 특별기획판매를 했다면서(아마도 장마와 태풍
에 못 견디고 떨어진 낙과들임에 틀림없는) 사과를 한
가득 사왔다. 풋내와 신맛이 양미간(兩眉間)까지 자극하
지만, 사과의 향과 단맛을 느끼기에는 충분했다. 어느

과수농원에서 내 혀끝까지 옮겨왔는지 그 인연이 시고
도 달다.

사과 한입 베어 무니
한여름의 우렁찬 매미소리가
입 안 가득 울려 퍼진다.

전지적 작가시점

세상과 처음 만나 눈을 껌벅이면서는
우유 타 주고, 기저귀 갈아주는
신생아실 간호사 밖에 보이지 않았다.

유아기 시절에는 엄마만 사람이었다.
마트 카트에 앉아 이동하면서
스낵 과자 진열대에서 마음에 드는 것
손으로 쥐기만 하면 되었고,
장난감 코너를 통과할 때에
징징 떼를 쓰기만 하면 그만이었다.

책가방이 무거워지면서
차츰 세상이 어두워져 갔고,
전지적 작가시점은
세상의 벽을 통과하지 못했다.
이제 누구도 간호사와 엄마가
되어주지 않았다.
<

오늘도 나는
마치 아무 일도 없다는 듯이,
누군가의 시점에 잡히지 않으려고
낮은 포복으로 기어간다.

쉼표 찍는 순간

세상은 잠시 날숨을 쉰다.

아까부터 아내와 사춘기 딸애가 키득거리더니, 이제
는 아예 박장대소다. 늘 우울한 세상에 무슨 이야기가
그리도 재미있을까. 가만히 엿들어보니 바로 자기들의
가장인 남편 흉보기요, 아빠 흠집내기다.

실컷 웃어라. 무능한 어른 사내가 조롱거리라도 될
수 있다면, 가사에 조금이라도 보탬이 되겠지.

세상도 가끔은
쉼표를 찍는다.

2부

신호대기 중

훈민정음 신해례(新解例)

— 논쟁의 시대

나랏말이 너와 달라서
문자와로서르ᄉᆞᄆᆞᆺ디아니ᄒᆞᆯᄊᆡ

ㄱ이 이웃에 사는 ㄴ과 멱살잡이하고,
ㅏ가 마시는 우물에 제초제를 풀어 넣은 범인은
아침저녁으로 안부를 묻던 ㅓ였다.

ㅋ이 제 아비인 ㄱ을 볼모로
도박판을 벌이고,
ㅗ와 ㅜ가 공모하여
제 새끼들인 ㅛ와 ㅠ를 팔아넘기고 있다.

어리석은 백성이 말하고자 하는 숨결이 있어도
제ᄠᅳ들시러펴디몯ᄒᆞᇙ노미하니라

아, 된소리와 거센소리들이
기세등등하게 독을 품더니 마침내

화살촉에 비소를 바르고 있다.

이제,
누구를 향해 시위를 당길 것인가.

세기말 증후군(症候群)

급브레이크 밟는 자동차 바퀴소리 간혹 들리더니
— 주로 승용차 바퀴소리였는데,
방금 전 것은 대형트럭 급정거하는 소리에 틀림없다.

접촉사고가 있었는지
남자의 굵은 파열음이 허공을 찌른다.

돼지갈비 집 에어컨 실외기 열바람은
허공을 향해 삿대질하며 고기 굽는 소리와 섞여
연신 가로수 잎을 흔들어대고 있고,
한두 마리 기척하던 매미는
이내 헤아릴 수 없을 만큼 몰려와
'덥다, 더워' 하면서 울어댄다.

화염병에 그을리고 최루탄 가스에 숨을 헐떡거리면
서도
증인이 되겠다고 굳세게 버텨왔고,

60년대 시민이 뱉었던 가래와
80년대 청년이 쏟아냈던 오줌줄기를 기꺼이 받아냈던
플라타너스 가로수가 뿌리까지 헉헉댄다.

한낮인데도 두서너 명의 갈빗집 손님은
이미 취해 파열음을 거칠게 내뱉으며
알 수 없는 무엇인가를 개탄하고 있고,
대로까지 울리는 티브이 소리는 저 혼자
매일 들리는 잘난 패널들의 정치 얘기 중이다.

8차선 도로 버스정류장에는
21세기 아이들이 사이보그가 되어
스마트폰 화면을 급유(給油) 받고 있고,
살찐 고양이 갈빗집 쓰레기통 그늘 삼아
미동도 하지 않고 잠들어 있다.

차로 뒷길 재개발 공사장에서
땅 파는 소리 며칠째 요란하더니,
오늘부터는 철골 공사하는지
전기쇠톱소리 귀를 찢는다.
<

낮부터 소나기가 내릴 것이라는 일기예보는
또 빗나간 모양이다.

모둠쌈

다들 살아있는 거지?

저기 설악산 공기 마시고 자란 상추,
거기 섬진강 물맛에 길들여진 깻잎,
니들 서로 소통하고 있는 거지?

귀농한 카센터 정씨가 처음 수확한 쑥갓,
작년에 운송비도 못 건져서 끝내 갈아엎었던
영식이 아버지가 또 조마조마하며 키운 배추,
니들 모종 때부터 약속한 거 잊지 않았지?

지리산 골짜기에서 노루오줌 적시며
쌉싸름한 향기 키워낸 곰취,
솔바위 농원 박씨 아저씨의 부지런한 발소리 들으며
새벽마다 기지개를 켜던 치커리, 케일,
니들 모두 고향 기억하고 있지?

<

내년에는 재개발 계획이 전혀 없는
산동네 텃밭에서 함께 모이자는 전갈(傳喝),
하나도 빠짐없이 전달받았지?

아직, 다들 숨 쉬고 있는 거지?

소나기

아직 한 번도
온전한 모습 드러낸 적 없는
거인(巨人)이

컴퓨터 자판 두드리는 소리

타닥 닥, 투둑 둑,
타투 닥둑 닥둑,

비 그치고 운무 걷히니
서쪽 하늘에 하얀 글자
프린트되어 나온다.

"인간들아, 이제 길 좀 비켜라"

한바탕 지나가던 바람이
이메일 함 열어젖히니
<

수신이 동식물들로 되어 있는
첨부 파일이 나타난다.

클릭,

"DANGER! 인간들 세상에 들어가지 말 것"
(어렵게 인간들의 언어로 번역한 것임)

활(活) 전복

뜨거운 조명 바다 속에서
버둥거리는 흑갈색 자궁(子宮).

쇼핑호스트의 입 버둥이
게거품을 문다.

(신선한 완도 미역을 먹고 자란 살아있는 전복
완도 활 전복이 최대 18마리
3~4년산 진품 완도 활 전복만 엄선)

선홍의 초고추장에
채 썬 파의 파편을 흩뿌리고
참깨를 듬뿍 난사한다.

(6만 9천 9백 원, 무이자 3개월
죄송합니다. 지금은 상담원 연결이 어렵습니다.
천원이 할인되는 자동주문전화를 이용하세요)

<

빨갛게 피멍든

외음부(外陰部)의 절규.

역주행(逆走行)

진눈깨비 내리는 저녁 하늘을 바라보면,
거꾸로 선 바다가 요동친다.

거기 깊은 물속에서 소용돌이를 일으키고 있는 범고
래가 뭍으로 뭍으로 자맥질해 오고 있다. 해안가에서
먹이를 찾아 여유롭게 유영하고 있던 수많은 바다사자
들이, 커다란 포말을 일으키며 다가오는 범고래를 보고
혼비백산 살아나려 재빨라진다.

바다사자들은 뭍으로 달아나지 않고 힘차게 바다를
향해 뛰어든다. 뭍에서 한가롭게 쉬고 있는 배부른 바
다사자들도 혼신을 다해 바다로 뛰어든다. 어미 곁에서
편안히 잠들어 있는 새끼들도 죽을 힘을 다해 어미를
뒤따른다. 모두들 고래의 아가리를 향해 다투어 자맥질
한다.

진눈깨비 내리는 저녁 하늘을 숨죽이고 바라다보면,
고래의 아가리 속을 향해 쏜살같이 달려드는 바다사자

떼들의 질주(疾走)를 볼 수 있다.

　세상은 다시 조용해지고 그날 아무 일도 일어나지 않
았다고들 하지만, 분명 하늘과 바다가 진눈깨비 속에서
함께 요동치고 있었고, 수많은 바다사자들이 블랙홀로
빨려 들어가고 있었다.

한낮의 교신(交信)

　서너 살쯤 되어 보이는 꼬마 아이가 백화점 지하 마
트의 장난감 코너에서 자기 머리통만 한 곰 인형을 부
여잡고 바닥에 주저앉아 울며 떼를 쓰던 것이 벌써 삼
십분은 족히 넘은 것 같다. 멀찌감치 무연(無緣)하게 서
있는 한 아주머니는 10% 할인행사를 한다는 1층 화장
품 코너에서 아까 눈여겨 보아둔 샤넬의 가격표에 0.1
을 곱하여 빼는 암산을 해보느라 머리가 아프다.

　(한 아주머니가 공중전화부스에서 아이 손을 잡고 환
한 얼굴로 누군가에게 전화를 하고 있고, 그 곁에서 한
아주머니는 밝게 미소 지으며 무선전화기를 안고 있는
아이와 돌려가며 누군가와 통화하고 있다.)

　방금 전에 화장품 코너에 들어선 낯익은 아주머니는
점찍어 두었던 샤넬 향수를 향해 손을 뻗느라고 울려대
는 스마트폰을 받지도 못하고, '집에 곰 인형 넘쳐나잖
아' 하면서 화난 얼굴로 아이를 다그치고 있다.
<

한낮에 교신한 모스부호들이 해가 질 때까지 안착할
자리를 찾지 못하고 허공을 떠돌고 있다.

신호대기 중

아까부터 담배 피며 옆 차선을 달리던 젊은이가 반쯤 열린 창가로 손을 내밀고 있다. 검지와 중지 사이에 묘기처럼 매달려 있는 아직 타고 있는 저 몽당 화통(火筒)이 과연 어떻게 될 것인가. 정지신호를 무시하고 앞질러 가 버렸다.

건널목 녹색신호가 깜박거리는데도 중학생쯤으로 보이는 학생들은 아이스크림 먹으며 여유롭게 재잘거리며 건너고 있고, 아무래도 건너는 시간이 부족할 것 같은 거동이 어려워 보이는 한 할머니는 여태 절반도 건너지 못했다. 멀리서 들리던 경음기 소리 가까워지더니 구급차 한 대가 쏜살같이 지나갔고, 어디에서 나타났는지 유기견인 듯이 보이는 남루한 개 한 마리 건널목에 떨어진 아이스크림 조각 잽싸게 핥으며 건너가고 있다.

그날도 주행신호가 떨어지기 직전에 담배꽁초가 즐비한 차로를 박차고 모든 차들은 이미 출발 중이었고,

구급차 사이렌 소리도 수시로 들렸다.

혼돈의 시대

포도나무골에 포도나무는 한 그루도 없고, 감나무골에 있는 감나무에는 감이 열리지 않는다. 솔밭마을 산골짜기 그 많던 가재는 모두 어디로 갔을까.

복숭아라고 우겨대고, 살구라고 떼쓰는 사람들이 천도복숭아를 먹고 있다. 사자와 호랑이를 교배시켜 라이거가 탄생했다고 하는데, 포유류의 4분의 1이 지구상에서 사라졌다는 것은 아무래도 이해가 되지 않는다. 라이거는 언제까지 머무르다가 어떤 새끼를 낳을 것인가.

수박은 겨울에 나는 과일이고, 가을에 나는 제철 딸기가 가장 달다고, 한 번도 수박밭에 가보지 못하고, 평생 딸기밭에 가볼 일 없을 21세기 아이들이 마트 과일 판매대 앞에서 다투고 있다. 아무러면 어때, 맛만 좋으면 그만이지. 이제 모든 것의 맛은 당도(糖度)로 측정한다. 밥이 달고, 된장찌개가 달고, 우정과 사랑까지도 단맛이 제일이다.

<

포도나무골에는 신도시가 들어섰고, 감나무골은 아예 지도에서 사라진지 오래며, 솔밭마을 산골짜기에는 버섯 가공공장이 들어섰다. 모두가 달콤한 죽음을 위해 변화하고 있다.

패러다임 쉬프트 Paradigm Shift

'내일 없는 하루살이도 최선을 다해 산다'는 경구(警句)의 말을 하루살이가 혹여 듣고 이해한다면, 그들은 무엇이라고 항변할까. 아무래도 '내일 없는'이라는 한정(限定) 수식어는 결코 용납하지 않을 것 같다. 하루살이는 시간을 어떻게 계산하며, 어떤 목표를 향해 최선을 다할까. 그 셈법과 신념은 자기네들끼리만 안다.

싱크대 속을 청소하던 아내가 '으악, 바퀴' 하면서 소스라친다. 그 바퀴벌레는 소리치며 놀라는 아내의 출현을 보고 얼마나 놀랐을까. 아내와 바퀴벌레가 꿈속에서라도 소통할 수 있다면, 그들은 어떤 타협을 할까. 갑자기 어제 퇴근길에 맨홀에 빠져 오물투성이가 된 고양이를 구해주려고 손을 뻗었다가, 고양이의 입과 발톱에 사정없이 할퀴어져 끝내는 포기하고 돌아선 팔의 상처가 아려온다.

방금 전에 호랑이 가족의 삶을 추적해 가는 내셔널지

오그래픽 채널의 다큐에서 보았던, 병들어 끝내 죽은 제 새끼를 찢어먹고 있는 장면이 머릿속에서 떠나지를 않는다. "다른 포식자가 먹을까봐 제 새끼를 손수 먹는다"는 해설자의 멘트가 이해되기보다는 오히려 몹시 거슬린다. 뉴스 채널로 화면을 이동했더니 한 강도사건을 보도하고 있다. "심장 판막증으로 죽어가는 자식의 수술비 마련을 위해 주택에 침입한 강도가 주인을 묶고, 우는 두 살배기 아기에게는 이불을 덮어 씌웠는데 그 아기가 질식사했다"는 소식이 막 전해지고 있다.

문득, 새끼 호랑이를 데리고 뒤뚱거리며 걷는 두 명의 어린 아이가 다가오고, 하루살이와 바퀴벌레가 부지런히 그들을 뒤따라오고 있는 그림이 떠오른다.

관전 평(觀戰 評)

하루살이를 뇌염모기라고 우기면서까지 무서워하던 아내가 유태인 수용소의 참혹한 역사를 다룬 <쉰들러 리스트>라는 영화를 보면서 "분장술까지 어쩜 저렇게 섬세하고 사실적일까, 역시 스티븐 스필버그야"라고 경탄한다. 아들과 월드컵예선전을 보다가 나도 모르게 흥분되어 "김 선수를 좌측날개로 빼야 하는데, 박 선수는 왜 아직도 교체하지 않는 거야" 하고 분개한다. "아빠, 김 선수는 이번 선수멤버에서 빠졌고, 박 선수는 저어기 뛰고 있잖아" 하면서, "저저 심판은 왜 파울을 불지 않는 거야"라고 삿대질한다. 동네 초등학교 축구골대에서 아들이 차는 공을 열에 한 번쯤 밖에 막아내지 못했던 생각이 문득 떠오른다.

텔레비전 시사프로그램에는 연일 정치평론가와 사회평론가가 시대를 개탄하며, 자물쇠에 맞지도 않는 수많은 열쇠들을 가지고 나와 목청을 높이고 있다. 뉴스는 연일 "아니 어떻게 저럴 수가"라고 놀라는 사건사고로 풍성한데, 드라마는 어느 채널이나 출생의 비밀 아니면 불륜을 판 위에 올려놓고, 모두가 똑같이 성형한 연기자들의 연기술에 감동을 받으라고 강요하는 장면과 말놀이로 넘친다. 재방송 코미디프로는 어느 채널에서나 보이는 개그맨들과 관객들이 자기들끼리 비하하며 놀고 있고, 아침 생방송에는 세상이야기 진중하게 자주하는 장관을 세 차례나 지낸 저명인사가 출연하여 한창 세상을 즐겁게 개탄하며 사타구니를 긁고 있다. 화면에 자주 등장할수록 출연료는 올라가겠지.

무대는 벌써 막을 내렸고 관객도 모두 떠났는데, 공연은 아직도 계속되고 있다.

주파수 맞추기

혀를 잘 조절하지 못하면 'l'과 'r' 발음을 구별하기 힘들다고 중학교 영어시간에 수없이 혀 굴리기 연습을 했다. '눈(目)'과 '눈:(雪)'을 구별하는 것은 되는데, 여전히 그 흐르는 영어발음은 습득되지 않는다. 우리가 '강'이라고 하면 떠오르는 이미지와 영국인이 '리버'라고 할 때 떠오르는 이미지는 얼마만큼 접속될 수 있을까. 아무래도 인간의 언어사용은 '~인 척' 하는 관념의 소통인 듯하다.

주파수를 맞추면 소리를 들을 수 있다. 지구는 지금 소통을 위해서가 아니라 점령하기 위해서 주파수 전쟁 중이다. 주파수를 선점하는 자가 승리한다. 금년에만 케이블 TV 채널이 십여 개가 늘었고, 통신회사도 새로 더 생겼다. 요즘 들어 편두통이 심하고 몹시 가려운 것은 필시 감당할 수 없을 만큼의 많은 주파수가 내 몸을 통과하고 있기 때문이리라. 숨을 쉴 때마다, 걸음을 옮길 때마다 얼마나 많은 주파수가 내 몸을 칼질할까. 너의 번호와 나의 번호가 접속할 때, 얼마나 많은 무리들을 통과했을까.

지구상에 포유류가 1/4이나 멸종 위기에 처해 있단다. 소통회로가 고장 난 때문이다. 물처럼 흐르는 포유류의 주파수를 인간이 침범한 까닭이다. 밀엽과 농지확장으로 멸종되어 가는 동물들과 차바퀴에 깔려죽은 포유류들이 인간의 기억회로에 몰려들고 있다. 언어가 가장 발달한 인간이 주파수 수만 늘려갈 뿐 하등동물보다 소통을 못하는 것이 딱하다.

지리산 천왕봉 바위틈에서 시작된 샘물이 섬진강과 주파수를 맞추더니 태평양까지 '물 흐르듯' 전파를 보내고 있다. 그들은 아무도 점령하지 않고 태곳적 그 주파수만으로 말없이 소통하고 있었다.

카멜레온의 눈

현관을 나서서 엘리베이터 버튼을 누르고 기다릴 때
언제나 부릅뜨고 지켜보는 눈

엘리베이터 안 모서리 꼭대기에서 넥타이를 고치는
나를 훔쳐보고 있다. 지하주차장 구석 자리에 세워놓은
차까지 걸어가는데도, 허튼짓하면 가만두지 않겠다고
여섯 개의 눈동자가 일제히 나를 주시하고 있다. 십여
킬로 떨어져 있는 사무실 건물에 운전하고 도착할 때까
지 이미 내 승용차는 교통법규 위반을 애타게 기다리는
이십여 개의 눈동자에 여지없이 포획되었으리라. 건물
지하 주차장 입구에서, 주차장에 차를 주차시키고 엘리
베이터 버튼을 누르면서, 사무실이 있는 칠층까지 이동
하는 엘리베이터 안에서, 사무실 복도를 걸어가면서도
나는 여지없이 이글거리는 그들의 눈에 잡혔다. 사무실
옆 건물 식당에 점심 식사하러 걸어가는 거리에서도,
식당에서 신발을 벗는 그 순간에도 나를 사정없이 쏘아
보고 있는 카멜레온의 눈.
<

식사 도중에 누군가 다가와서 말을 건넨다.
'사장님, 최첨단 CCTV 하나 보시겠어요?'

오늘 필름에 찍힌 수많은 '나들'이
중대를 이루어 밥상 위에서 기침하고 있고,
카멜레온의 긴 혀가 마침내 '그들'을
말아 삼킨다.

길 찾기

그날은 초겨울 날씨치곤 몹시도 추웠던 것 같다. 앞 베란다 새시 창 위쪽에서 꿀벌 한 마리가 분주하게 날 갯짓을 하고 있었다. 방충망도 지난여름 촘촘하게 보수 하여 허술한 부분 한 곳 없고, 새시 문도 꽤 비싸게 들 여 설치하여 이격(離隔)의 틈새 없이 잘 맞아 바람 한 점 새 들어올 틈도 없었다. 아무리 생각해 보아도 저 벌 이 들어올 틈새를 찾을 수가 없었다.

지쳐서 날개를 접고 꼼짝 않고 있는 저 벌은 분명 무 엇 때문인지 무리에서 벗어나고 말았을 것이다. 말벌에 게 쫓겨 정신을 잃고 달아나다 길을 잃었거나, 동료들 에게 밉보여 추방당했을 것이다. 아마도 아까 분주하게 날갯짓할 때부터 나의 움직임을 세밀하게 관찰하고 있 었는지도 모른다. 저 벌은 지금 내가 두려운 것일까, 잃 어버린 길을 찾아야 한다는 생각이 두려운 것일까. 내 집 앞 베란다가 저 벌의 목표지는 분명 아닐 것이다. 내 손이 그에게 가까워지면 그는 분명 또 다시 분주한 날

갯짓을 되풀이할 것이다. 그를 내보내 줄 손인지, 그를
뭉개 죽일 손인지 그도 나도 모른다.

    문득, 베란다 새시 창에
    지친 날갯짓을 허공에 대고 파닥거리고 있는
    한 마리 커다란 그림자가 비친다.

안개주의보

한 치 앞도 보이지 않았다. 항상 다니던 그 길도 낯설었고, 한 번도 가 본 적이 없었던 저 길은 오히려 낯익었다. 낯설음과 낯익음의 차이는 무엇인가. 문득 그 둘의 경계선에 놓여있는 설익음이 보였다. 대학시절 시론(詩論) 교수는 새롭고 신선한 감동은 낯설음에서 시작된다고, 그것을 형식주의자들은 낯설음의 시학이라고 한다고 설명하셨었지. 안개가 이렇게 짙게 드리운 날, 얼마 전에 정년퇴직하셨다는 교수님께 그때 하지 못한 질문을 지금이라도 드리고 싶다. 그렇다면 감동은 공포에서 오는 것인가요?

전국 짙은 안개. 악시정경보.
항공기 무더기 결항. 자동차 접촉사고 다발.

진통을 호소하며 산부인과로 아이를 낳으러 가는 임산부가 탄 차를 음주운전차량이 들이받아 임산부와 태아가 사망했다.
<

그날의 형식적인 기상정보와, 안개와는 무관한 듯 보이는 사고기사는 두려웠지만 낯설지는 않았다. 지금 생각해보니 그 교수님이 '낯설게 하기'의 영어 단어로 'defamiliarization'이라고 꽤 긴 스펠링을 적으셨던 것 같다. 그 산뜻한 용어가 '패밀리를 이탈하게 하기'라는 의미로 조어(造語)된 것을 보니, 아무래도 생소한 공포와도 분명 관련이 있는 듯하다.

그날의 안개는, 실재(實在)하는 낯설음이 '새롭고 신선한' 감동을 싹 틔울 수 없다는 것을 어렴풋이 짐작할 수 있게 해 준 채 그렇게 지나갔다. 나는 여전히 낯익은 공간을 두리번거리며, 낯선 시간 속으로 걸어 들어간다.

사람이 풍경이 되는 세상을 그리며

숲 속에 집이
미안한 듯 있었는데

집 속에 사람들이
손을 잡고 살았는데,

집들 속에 몇 그루 나무가
숨을 헐떡거리고 있고

방들 속에 사람이
기계만 조작하고 있다.

꽃의 실체

화려하게 펼쳐대는 속씨식물의 생식기관, 연약한 꽃잎으로 심피를 감싸며 씨를 품는다. 줄기와 이파리를 스쳐가는 바람과 햇빛, 흙 속의 뿌리를 간질이던 지렁이의 몸짓, 잠시 다녀간 벌의 발자국도 모두가 꽃의 일부다. 어제 떨어진 꽃잎이 빗물에 밀려 하수구 속으로 사라지면서 꽃의 과정은 비로소 완성된다.

꽃집에 진열된 꽃들은
과정을 거세당한 사물일 뿐.

꽃집에서는
조화만 판다.

화원 속의 야생화

집에 가고 싶어요
제발 집에 보내주세요

사람들 손길이 상처를 덧나게 하고,
입김에 묻어나오는 흥정하는 소리들이
숨통을 끊고 있어요.

비닐을 통과해서 오는 저 속 빈 햇빛이
나를 피어나게 한다고요?
온열기에서 뿜어 나오는 저 조작된 온기가
나의 향기를 키워낸다고요?

정말 왜들 이러는 거예요

내가 피어나는 것은
조상의 피가 아직
살아있기 때문이에요.
<

내 몸에 여태 향기가
머무르고 있는 것은
어머니의 어머니의 어머니와
아직,
할 애기가 남아있기 때문이에요.

숨이 막혀 견딜 수 없어요
이럴 땐
노루오줌을 적셔야 하는데,

제발, 집으로 보내주세요.

슬픔

매울 것 같지 않은 고추를
고추장에 듬뿍 찍어
크게 한입 베어 물고

풋내 나는 단맛에
침투해오는 매운 맛을
목구멍과 위장이
삼키도록 해 주고 싶었는데

목을 넘기지 못하고
혀에 바느질하고 있다
아무 말도 하지 마라.
아무 말도 하지 마라.

식탁, 대지(大地) 위의 반란

해묵은 김치에 삭혀져 있는 새우젓이
이슬비 같은 발놀림을 원형회복하면서
무리지어 서해 바다로 달음질치고 있다.

간 배인 조림멸치는 은빛 햇살 타고
줄지어 남해로 날아가고,
삼겹살 구이에서는
새끼돼지의 울음소리가 모락모락 올라온다.

노릇노릇 구워진 갈치 대가리는
잘려나간 토막들을 불러 모으더니
제주행 비행기를 타기 위해
벌써 공항버스에 올라타고 있다.

밥알이 입 속에서 볍씨를 틔우고,
된장이 텃밭으로 보내달라고 항의하면서
끓는 뚝배기에서 콩 싹을 키우고 있다.
<

한겨울 밤의 소나기는 멈추지 않는데,
바다를 헤엄쳐 온 한 사내만이
텅 빈 식탁 아래에서 꿈틀대고 있다.

3부

바람 찾기

$$E = mc^2$$

선덕여왕의 보좌 위를 미끄러져 가던 바람이
가시리 곡조를 흥얼거리며
황진이의 가야금 현(絃) 위에서 잠시 머뭇거리다가
스마트폰 화면 위를 맴돌고 있다.

슬픔이 광속(光速)으로 날아가면
기쁨이 되는 것이 확실하다.
그 증거로 얻어지는 에너지가 눈물이니까.

(슬픔의 눈물은
항상, 기쁨의 눈물로 보존되고
기쁨의 눈물은 슬픔의 눈물을 예비한다.)

황진이가 부르던 '동짓달 기나긴 밤'을 검색하다보니
가시리의 '위 증즐가 태평성대'가
후렴구로 액정화면에 나타나다가
처용이 부르던 '서울 달 밝은 밤'과 도킹하고 있다.
<

슬픔이 진양조의 눈물을 만나면
아직 충전중이라 하더라도
자진모리의 기쁨으로 개화(開花)한다.

바람의 실체

  장애물과 마주하는 순간
  잠시 흔적을 드러낼 뿐,
  언제나 태고의 침묵이다.

  가로수 이파리들의 분주한 흔들거림이며, 가끔은 거
리의 쓰레기들을 휘둘러보는 회오리이다. 수상한 건물
들 앞에 서 있는 긴 막대 위에서 불규칙하게 깃발들을
나풀대는 저 에너지이다. 내 몸을 간질이다가 더러는
비키라고 강하게 몰아붙이는, 언제나 내게 바싹 다가서
있는 투명한 연체동물(軟體動物)이다.
  하늘에서 구름을 밀고 가더니, 바다에서는 파도를 일
으킨다. 노동자 이마의 땀에 가서는 시원한 생기가 되
더니, 초여름 뒷산으로 오르는 길목에서는 비릿한 밤꽃
의 은밀한 수정작업을 돕는다. 모두가 그가 이동하는
궤적(軌跡)이다.

  지난여름 한 때의 고추잠자리 날갯짓이 일으킨 그들

은 지금 모두 어디로 갔을까. 내가 잠든 사이에 베란다
의 화분에서 자라고 있는 벤자민의 이파리를 흔들어대
고 있었던 것은 아닐까. 수백 명을 이재민으로 내몬 지
난여름의 태풍은 언제 무엇이 일으킨 날갯짓이었을까.
고기압과 저기압은 평소에는 어디에 숨어서 살고 있다
가 기압골로 모두 모이는 것일까. 초등학교 2학년 수업
중에 창가 내 자리 바로 곁의 교실 창문을 깨트려 우리
모두를 놀라게 했던 그가 여태 나를 뒤쫓아 오고 있다.

　　천 년 전에 하던 대로, 그는
　　투명한 침묵의 흐름으로 살아있다.

화해

진눈깨비 내리는 늦은 오후에
아직 기울지 않은 석양이
눈과 비 틈새로
빛줄기를 하얗게 쏘아주고 있다.

뱁새 둥지에서 다 자란 뻐꾸기가
키워준 어미 뱁새와
낳아준 어미 뻐꾸기의
박수를 받으며
숲 사이를 힘차게 날고 있다.

언제나 채워지지 않는
갈증으로 목말랐는데,
마지막 남은 우물마저
끝내 메말라 갈라졌는데,

반석 같은 명치끝에서

솟구쳐 오르는 샘물.

수 년 동안 굳어진
상처, 그 잘못 베인 흉터가
모두를 용서하며
새살 돋우는 치유(治癒).

소통(疏通)

눈 덮인 개나리 가지가
노란 전파로
봄에 피어날 개나리꽃과
송신하고 있다.

군밤 껍질을 벗기다보니
지난 초여름
은밀한 밤꽃의 수정작업을 돕던
비릿한 우윳빛 바람이 새어나온다.

다큐멘터리 '연어의 회귀'를 보니
연어 떼가 레지스탕스처럼 몰려온다
북태평양에서 유영하며 살면서도
양양 남대천의 자갈과 내통하고 있었다.

반찬으로 올라온 도라지나물을
젓가락으로 집어 올리니

오십여 년 전
외할머니가 캐셨던 산도라지 향기가
콧속에서 먼저 교신하고 있다.

모두들
어머니의 어머니의 어머니와
그들만의 언어로 소통하고 있다.

각성(覺醒)

　사과의 상큼한 단맛은 햇빛과 바람이 완성하는 줄로만 알았다. 한입 베어 물고 문득 바라다 본 속살에 새겨진 은빛 상처와, 그 상처를 재빨리 숨기려는 갈색의 부끄러움을 마주하고서야, 지난여름의 가뭄과 장마가 마지막 단맛의 진한 향기를 완성했다는 것을 비로소 알았다.

　머릿속까지 시원하게 하는 샘물의 단맛은 깊은 산중의 흙과 나무뿌리보다는, 반석을 깎는 한밤중의 칼바람과 사랑을 나누던 산속 생물들의 배설물이 맑게 키질했다는 것

　새는 즐겁게 노래하지 않고 아프게 울부짖고 있는 것이며, 붉고 노랗게 물든 아름다운 낙엽은 더 이상 붙잡을 힘이 없어 마침내 손을 놓아버린 어미 나무의 마지막 몸부림이라는 것. 새는 울음으로 사랑하고, 나무는 보냄으로 새순을 틔운다는 것을 이제는 알겠다.

<

삶은 모든 것 다 곁으로 밀어 놓고 처음으로 돌아가는 여정이라는 것을 아기의 배내옷을 닮은 수의(壽衣)를 보니, 이제는 그냥 알겠다.

밤송이

접근금지,
마지막 단맛을 완성할 때까지는
절대로 속을 들여다보지 말 것.

밤벌레가 아무리
속살을 갉아먹어도
반드시 달 수 채워
내보낼 거야.

알밤의 육질은
햇빛과 바람과 장마가
굳혀가는 거야.

후두둑, 자궁 열리는 소리
순산인가
난산인가.

눈물

아무 말도
하지 마라.

화석(化石)처럼 남겨진
나이테의 상처도

바람의 울분을 새기는
빗금 서린 파문(波紋)도

모두 다 용서하는
원형(原型)의 개화(開花).

한 잎
떨어진다.

한 계절의 기쁨과 슬픔이
우주가 되어,
<

아, 바다가
꽃이 되어
비로소 열리고 있다.

해녀의 말

웃으며 수줍게 그냥 하는 말

바다에 나가면 친정어머니 같이 항상 주시잖아요.

찰진 파문(波紋)을 일으키는 구릿빛 민낯

바다가 그녀의 말 따라 그냥 수줍게 웃는다.

3월의 잔설(殘雪)

떠나고 싶은 거야
아직, 좀 더 머무르고 싶은 거야

철쭉이 피는 것까지
기어이 보고 가겠다고 버티지 말고
이제, 미련 없이
사라져도 괜찮지 않을까

뒤쳐져 떠나가는 겨울 철새 깃털에
살포시 올라 앉아
히말라야 고향으로 날아가도
되지 않을까.

개나리 가지 끝에서 언뜻 비추는
노란 이슬방울은
머물다 간 너의 흔적이라는 것,
<

진달래 줄기 타고 흘러내리는
연분홍 빛 햇살은
네가 남기고 간 언어라는 것,

굳이 말하지 않아도
모두들 기억할 거야

보라고,
벌써 꽃망울이 맺히고 있잖아.

낙엽에게

그리도 할 말이 많았더냐

모두가 연녹색 입술로
새록새록 소군거리며 왔다가,

물오른 신록으로
제 나무에 비추는 햇볕도 가리고
모양도 가지가지 말도 많더니,

이제, 떠나가는 거지
모두 잊고 떠나가는 거지.

상처입고 찢긴 채색 옷
스스로 기워 입고
찬란한 이별을 보여준단 말이지.

하고 싶은 그 말 끝내 하지 못하고

차마 노랗게 바랜 가슴 그대로
떨어진단 말이지

모진 비바람 몰아치던 날,
꼿꼿이 버텨오던 그 믿음까지도
그냥 발갛게 멍든 목덜미로 넘기고

잠시 들렀다 가는 것처럼
바람 따라 사라진단 말이지.

그리도 할 말이 많았더냐
떨어지거라
마음껏 떨어져 외치거라.

바람 찾기

태풍은 잠시 들렀다 가지만
실바람은 언제나
곁에 머물러 있다.

소리로 장애물의 존재를 알려주고
그저 묵묵히 나아갈 뿐,
제 스스로의 모습을 내보인 적이 없다.

'바람'이라고 발음하면
입 속에서 바람이 살며시 새어나가다
깜짝 놀라 '람' 하고 닫힌다.

슬그머니 엿보다가 놀라 숨어버리는
수많은 칠게들의 분주한 발놀림이
갯벌에 바람을 일으키고 있다.

햇밤을 껍질 채 한입 깨물었더니

지난여름의 바람이
입 안 가득 불어온다.

자기들끼리 술래잡기하면서도
누가 술래인지 아무도 모르며,
모두가 잠든 시간에도
바람의 음모는 은밀하게 펼쳐진다.

너는 지금,
어디에 있니?

흔적

간밤에 꿈결인 듯 새소리가 들리더니
앞 베란다 창틀에
엄지손톱만 한 변(便)을 남기고 갔다.

밤새 난간에 걸터앉아
거실을 들여다보며
무어라고 했을까

그가 던진 언어가
흑갈색 흔적으로 굳어가고 있다.

'내 할아버지가 둥지 튼
상수리나무가 있던 자리인데'라는 말은
어렴풋이 냄새 맡을 수가 있는데

그다음 이야기는
아무리 코를 가까이 갖다 대도

도무지 알아차릴 수가 없다.

산화(酸化)되어
그들의 세상으로 완전히 사라지기 전까지
남겨진 언어를 해독할 수 있을까

돌처럼 단단해져 가는
그들의 생각을
차마 닦아낼 수가 없다.

디지털시계 속의 춤사위

먹구름이 종일 하늘을 뒤덮고 있던 어느 날 한밤중에 건너편 빌딩 옥상 광고판 아래에 있는 디지털시계를 바라다 본 순간, 숫자판이 '2:02'를 깜박이고 있었다. 디지털시계에서 숫자 '2'는 실은 한글 자음 'ㄹ'자 모양이다. 그 숫자가 문득 'ㅇㄹ:ㅇㄹ'로 보였고, 고려가요 청산별곡(青山別曲)의 후렴구로 되풀이 나타났던 '얄리 얄리'로 각인되었다. 그 후로 나는 모든 디지털시계의 깜박이는 점들을 볼 때마다 고려시대 한 가객의 춤사위를 만난다.

하루의 모든 시각은
시대를 뛰어 넘은 가객의 춤사위로 이어져
디지털시계 안을 한바탕 맴돈다.

깜박거리는 후렴구에 추임새라도 넣다보면,
고려시대의 달빛이
엊그제 좀 더 부드러운 LED 조명으로 바뀐

광고판을 살며시 넘어온다.

재생(再生)

고향 떠나올 때 저수지에
물수제비뜨려 던졌던 돌멩이가
아직도 물살을 가르며
물꽃을 피우고 있다.

벼락 맞은 대추나무가
벼락 모양으로 가지를 뻗으며
잘도 자라고 있고,
달디 단 대추가 많이도 열린다.

할아버지가 만들어 주셨던
동네에서 제일 높이 날던,
어느 흐린 날 연줄이 끊겨
앞산까지 날아가 끝내 찾지 못했던, 가오리연이
서쪽 하늘을 바라볼 때마다
하늘 높이 잘도 날고 있다.

<

아파트 베란다 벤자민 화분 위에
어릴 적 만지작거렸던 지렁이 한 마리가
꿈틀거리고 있고,
밤이면 그 곁에서 울고 있는
낯익은 귀뚜라미 소리 들린다.

몇 년째 통증이 가시지 않던 이를 빼고
그 자리에 임플란트 치아를 심었다.
아무리 보아도 흔들리던 유치를 뽑아 지붕에 던졌던
바로 그 이빨이 틀림없다.

샤워할 때마다,
연 날리다 갑자기 쏟아졌던 소나기를
항상 만난다.

그림자

이끌고 가는 줄 알았는데
내가 주인인 줄 알았는데,

멈칫 한 번 하지 않고
말없이 밀어주고 당겨주며

더러 지쳐 주저앉아 있을 때는
곁에 바짝 붙어 기다려주고 있었다.

어두운 곳에서도 내 몸에 들어와
나보다 먼저 빛을 기다리며
언제나 나를 일으켜 주고 있었고,

빛난다고 자만하는 한낮에
그림자를 잠시 잊을 때에도
모습을 낮추거나 숨길 뿐
한 번도 나를 가린 적이 없었다.
<

오늘도 그는
나보다 먼저 일어나 긴 팔 펼치고
여명(黎明)으로 나아가자고 기다리고 있다.

안경을 닦으며

언제나 나보다 먼저
세상을 본다.

세상이 탁해 보이는 것은
네 탓이 아니지만,

안경을 닦으며
혹여 버려야 할 물상(物象)들을
지워나간다.

그냥 지나칠 뻔한
꽃잎 사이에 머물러 있는 바람과
구름 사이에서 내려오는 햇살을
볼 수 있는 것은

나보다 먼저 세상을 걸러내 주는
너의 배려와,

눈을 감아도 언제나 눈뜨고 기다리고 있는
너의 순종 때문이다.

세상은 온통 검붉은데,
언제 닦아도
푸른빛만 묻어나는 안경을

오늘도,
살금살금 닦는다.

상선약수(上善若水)

청아한 계곡물 소리는
물의 신음이다

바위에 부딪혀 찢겨진
백 마디의 말을 담은
하얀 포말을 보라.

상처투성이로 떨어진
상수리 나뭇잎을
온몸으로 보듬어 안고

흔적조차도 남기지 않고
아래로 아래로
함께 흘러간다.

사람

이 다리를 건넜던 이들과
이 다리를 건너고 있는 이들과
이 다리를 건너갈 이들이
강가에 함께 모여
흘러가는 강물을 바라다보고 있다.

그들이 살았었대
그들이 살고 있대
그들이 살고 있을까.

언어를 모두 모을 수 있다면

삼원색의 빛을 한 곳으로 모으면 흰색이 되고, 모든 색깔을 함께 혼합하면 검정색이 된다는데, 지금까지 인간이 사용한 언어를 모두 합성하면 무엇이 될까.

처음에는 언어가 필요 없었을 거야. (아담과 하와가 언어로 의사소통했다는 말은 듣지 못했어) 기껏해야 두서너 개 정도의 표정으로 충분했을 테니까. 그러다가 자꾸만 새로운 욕망이 자라나와 표정만으로는 설명하지 못해, 또 다른 언어가 필요했을 거야. 언어를 많이 아는 것이 지식의 풍요라며, 언어를 밥 먹듯이 숨 쉬듯이 암기하며 출세도 했을 거야. 그리고 더 치장하기 위해 날마다 언어를 분해시켜 왔던 거야.

욕망과 불안이 세포분열 시켜온 인류의 문자들과 세상을 떠돌고 있는 말들이 한꺼번에 모두 모이면 무엇이 될까. 온 세상에 흩어진 언어들이 봇물처럼 한꺼번에 터져 나와 두서너 개 정도의 표정으로 화음을 이루면,

<

언어가 필요 없었던 처음 세상으로
다시 반짝거릴 수 있을까.

물구나무서서 세상을 바라보니

위태롭게 땅에 매달려 있는 것은
고층빌딩과 키 큰 사람들 뿐
하늘은 그대로 웃고 있다.

새들은 여전히 공중을 향해 날고,
나무들은 사뿐히 머리를 흔들며
빛을 먹고 땅 속으로 자라고 있다.

안개가 짙게 드리운 날
세상은 더욱 밝히 나타나고,
운무가 앞산을 뒤덮으면
산속의 나무뿌리들이 선명히 드러난다.

곡소리 흘러드는 영안실에서
태아의 힘찬 울음소리 새어나오고,
환한 미소 넘치는 신생아실 유리창에는
할아버지의 평안한 마지막 모습이 비춘다.
<

물구나무서서 세상을

다시 바라보니

아프고 슬펐던 기억들이

비로소, 아름다운 꽃으로 피어오른다.

12월 32일자 뉴스

철수네 집 암소가
튼실한 송아지를 낳았습니다.

학교 갈 때마다 데리고 나와
꼴이 가장 풍성한 논두렁 곁에 매두었다가
집에 돌아올 때 항상 데리고 왔던 그 암소가
철수 닮은 송아지를 낳았습니다.
(어제의 톱뉴스 — 사료를 먹고 자란 소들이 구제역에 걸려
반경 500m 이내에 있는 모든 소들을 살처분했습니다)

국제대회에 참가하고 귀국한 국가대표들 중에서
메달을 따지 못한 선수들을 초청하여
그들의 피와 땀을 기리는
연말 특집방송을 실시하였습니다.
(어제의 관심 뉴스 — 메달리스트들을 초청하여 모든 방송사가

그들의 영웅담을 연일 특집프로로 방송했습니다)

오전에는 장마전선이 북상하여 많은 비가 내리다가
오후에는 시베리아 찬 공기가 남하하여 눈이 펑펑 내
리고
저녁에는 하늘이 맑아
별이 총총할 것이라는 일기예보도 있었다.

오늘의 마감뉴스,
철수네 또 다른 암소도
새끼를 배었답니다.

아름다운, 너무나 아름다운 세상

세상에 아직도,
해가 뜬단 말이지요.

꽃이 피고 열매가 맺고, 새가 울고 동물들이 새끼를
낳는단 말이지요. 꽃꽂이한다고 좋은 꽃대만 골라가며
잘라내었는데, 보양한다고 야생동물들 많이도 도살(屠
殺)했는데.

세상에 아직도, 풀이 자라고 나무가 큰단 말이지요.
채소들이 밭에서 잘 자라주더니 이제는 베란다에서 수
경재배해도 선뜻 자라준다지요. 토목공사하면서 다 갈
아엎었는데, 수십 년 넘은 나무는 아파트단지 조경한다
고 강제 이주시켰는데, 학교 운동장에 인조 잔디 깔기
시작했는데.

세상에 아직도, 그 계곡에 물이 흐른다고요. 악취 나
는 쓰레기와 시멘트 독으로 그곳 생물들 씨가 마른 지

언제인데, 자갈과 바위 위에 옭아매진 평상에 동전 굴러다니는 소리 여태 그칠 날이 없는데. 그래도 새벽이면 산속 동물들 그 계곡에 물 마시러 온다지요.

가끔 태풍으로 화를 낼 때도 있지만, 세상에 시원한 바람이 아직도 지구를 떠나지 않고 있단 말이지요. 꽃가루를 날려주기 위해, 파도를 일으켜 바다생물들에게 산소를 공급해주기 위해 아직 떠날 수 없단 말이지요.

가끔 홍수로 참지 못할 때도 있지만, 세상에 이 땅의 오염된 수증기까지 다 정수한 맑은 비가 내린단 말이지요. 콘크리트 바닥 틈새를 뚫고 나오는 민들레의 뿌리를 적셔주기 위해, 그래도 세상을 사랑하겠다고 버텨주는 대지의 자궁에 생명을 틔워주기 위해 때맞추어 내려온단 말이지요.

세상에 내일도, 해가 다시 뜨고
인간을 이어갈 아기가 태어난다고요.
아름다운, 너무나 아름다운 세상.

백운복

서강대학교 국어국문학과 졸업. 동 대학원 국어국문학과 석·박사과정 수료(문학박사).
〈동아일보〉 신춘문예(1982)와 월간 『시문학』을 통해 등단(문학평론가).
호주 그리피스대학교 언어학부 객원교수 역임(2004.9.~2005.8.).
현재 서원대학교 한국어문학과 교수.

주요 저서로『서정의 매듭풀이』(1993), 『시의 이론과 비평』(1997), 『한국서정문학론』(공저, 1997), 『현대시의 논리와 변명』(2001), 『문학의 이해』(공저, 2002), 『문예사조의 이해』(공저, 2003), 『현대시의 이해와 감상』(2006), 『글쓰기, 이렇게 하면 된다』(2006), 『한국현대시론』(2009) 등이 있다.

백운복 시집
아름다운, 너무나 아름다운 세상

초판 1쇄 발행 2014년 4월 25일

지 은 이 백운복

펴 낸 이 최종숙
펴 낸 곳 글누림출판사

책임편집 이태곤
편   집 권분옥 이소희 박선주 이양이 박주희
디 자 인 안혜진 이홍주
마 케 팅 박태훈 안현진
관   리 이덕성

주   소 서울시 서초구 동광로46길 6-6(반포4동 577-25) 문창빌딩 2층(우137-807)
전   화 02-3409-2055(대표), 2058(영업), 2060(편집)
팩   스 02-3409-2059
전자메일 nurim3888@hanmail.net
홈페이지 www.geulnurim.co.kr
등록번호 제303-2005-000038호(2005.10.5)

정   가 8,000원
ISBN 978-89-6327-259-7 03810

출력/인쇄 · 성환C&P **제책** · 동신제책사 **용지** · 에스에이치페이퍼

* 이 도서의 국립중앙도서관 출판시도서목록(CIP)은 서지정보유통지원시스템 홈페이지(http://seoji.nl.go.kr)
  와 국가자료공동목록시스템(http://www.nl.go.kr/kolisnet)에서 이용하실 수 있습니다.
  (CIP제어번호: CIP2014012252)